마조앤새디

초판 1쇄 발행 2011년 7월 14일
초판 29쇄 발행 2021년 8월 24일

지은이 정철연 펴낸이 이승현

편집1 본부장 배민수
에세이3 팀장 오유미

펴낸곳 (주)위즈덤하우스 출판등록 2000년 5월 23일 제13-1071호
주소 서울특별시 마포구 양화로 19 합정오피스빌딩 17층
전화 02)2179-5600 홈페이지 www.wisdomhouse.co.kr

값 12,800원
ISBN 978-89-5913-636-0 04810
       978-89-5913-637-7 (세트)

마린블루스 정철연의 미치도록 재미난 생활툰

MAJO&SADY

마조앤새디 vol.1

글·그림·사진 정철연

예담

차 례

제 이름은 **마조**

올해 3년차 **주부** 이자, **만화가** 입니다

퍼억 으랏차

뭐하는 거야! 집에 믹서기 두개나 있잖아!

어흥!

그녀의 이름은 새디

고마워. 나도 누군가 말려주길 바랬어

참나

콸콸콸

저의 **아내**이자, 저희집의 **가장**이죠
현재 디자인 회사에서 근무하고 있습니다

집안일 하는 남편 **마조** 와

바깥일 하는 아내 **새디**의
별일없이 사는 이야기

지금 부터 시작됩니다 후비고♪

마조
탐구
생활

본격적으로 들어가기에 앞서, 여러분의 이해를 돕기 위해
주인공 마조의 하루를 관찰해 보기로 해요.

출근준비를 하느라
바쁜 아내에게
아침을 먹여줘요.
오늘 메뉴는
만들기도 쉽고,
맛도 좋은
'버러밥'이에요.

집에서 차로 10분 거리인
아내의 회사까지
출근을 시켜주고

집에 돌아오면 청소를 시작해요.

청소가 끝나면
인터넷 카페를 돌며
남의 집 밥상, 전자제품 소식,
장난감 소식 등을
오전 내내 구경해요.

이것저것 구경하다 보면
응당 사고 싶은 게
생기기 마련이에요.

고민 끝에 곧 다가올
아내의 생일선물로 사주기로 해요.
죽지 않을 만큼 맞겠지만, 이건 꼭 사야 해요.

12시가 되니 슬슬 배가 고파요.
점심은 주로 어제 먹다 남은 것으로 해결해요.

올레, 오늘 메뉴는 식어도 맛있는
치킨매냐의 마늘간장치킨이에요.
어제 시켜 먹었는데 깜빡하고 있다가
발견하니 더 기뻐요.

밥도 먹었겠다,
몇 시간 열심히 일해요.
일이 없을 땐 빨래를 하거나,
장을 보러 가요.

오후 4시가 되면

주부 일과의 하이라이트,
'저녁 준비'를 시작해요.
메신저로 아내의 의견을 물어보지만

물어보는 건 그냥 훼이크고,
냉장고의 남은 재료로 메뉴를 결정해요.

퇴근한 아내와 저녁을 먹고
그날 있었던 얘기들을 나누며
즐거운 시간을 보내요.

밤 12시, 슬슬 자려고 하는데

피곤한 아내가 마사지를 해달라고 해요.

자는 척해요.

아내가 옆구리를 찔러요.

또 찔러요.

계속 찔러요.
옆구리에
구멍이 날 것 같아요.

결국 마사지를 해줘요.
옆구리도 아프고, 팔도 아파요.

마사지를 하다보니
어느새 아내가 잠들었어요.

피곤에 지쳐 잠든
아내의 얼굴이
안쓰러워요.

'내일은 아내가 좋아하는 스시라도 사와야지'라고 생각하며 잠들어요.

올 겨울들어 가장 추웠다는 어느날 저녁

MAJO & SADY

:: 2

새디의 임신

퍼억

전 심한 몸살감기에 걸렸고

새디는 임신이 아니었답니다

참을수
있어...

남자라면...
참는거다

하악 + 하악

괜찮아?

괜찮아

신은... 견딜수
있는 만큼의 고통만
주시니까

이 또한
지나가리라

아임
O.K

남편...

헛소리 그만하고
오늘은 꼭 치과 가라

오늘도 안가면
쳐맞는다. 진짜

넵

쫄지마.
치과 별거
아냐

아라써

그날 저녁

어디보자~
그러니까
오늘 내가.....

청소를 한다음,
빨래를 하고...

안갔구나

그날밤. 새디의 예고대로
저에겐 죽음의고통 이 찾아 왔고

결국 큰 병원 응급실까지 가서 진통주사를 맞았지요

물론 다음날, 치과도 갔답니다

::4

부부
스틱

그날밤,
새디는 새벽까지 게임을 했고

밤새 적의 총알을 피해다니는 악몽에 시달렸답니다

MAJO&SADY

며칠 후 부부스틱은
창고 방으로 강제 이송되었습니다.
창고 방에는 제가 총각 시절에 사 모은,
그중에서도 아내가 흉물스럽다며 싫어하는 종류의
장난감, 피규어들이 잔뜩 수감되어 있지요.

변기소동

무, 무슨짓이야!

보긴 뭘봐!

부끄럽단 말야!

인터넷으로 검색해서

뭘해야 되는지만 알려줘

집도는 내가 한다

짝

일단... 변기솔로 열심히 쑤셔보래

10분후

옷걸이를 펴서 열심히 쑤셔보래

10분후

패트병을 잘라서 열심히 쑤셔보래

다 안되잖아...

팔아파 죽겠어

새디, 그봐다

더 큰일이 생겼어

결국 전 동네 슈퍼에서 큰일을 봤고

나간 김에 스프링 관통기 라는걸 사왔지요

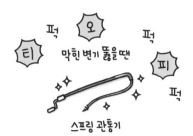

사
생
병

아내 새디는 벌써 몇년째,
'사생병'이라는 불치병과 투병생활을 하고 있습니다

남편...

음?

사생병...
사고 싶은게 자꾸 생기는
무시무시한 병이죠

이 후라다 가방

완전 예쁘지

사랑♥

....

...너 이거랑

비슷한거 있잖아

완전

다르거든

사고 싶은건 화장품 부터
가방, 옷, 구두까지
다양합니다

로봇탱 구두

한정판 인형

에츠티라더 기초 풀세트

팽디 피카츄 백

사고 싶은걸 사도, 안사도
며칠후면 사고싶은게 또 생기기때문에

대부분은 그냥 넘깁니다. 하지만

증상이 꽤 심한날도 있지요

이럴땐 '통장 치료'가 잘 듣습니다

하지만 '통장치료','고지서 치료'를 남발하다 보면
가끔 울어버리는 부작용이 발생하기도 하는데

이럴땐 '용돈조정'이라는 극약처방이 필요합니다

이렇게라도 위기를 모면하면서
차근히 노후준비를 해간다면 참 좋겠지만.

문제는...
저 역시, 같은 병을 앓고 있다는 겁니다

목격, 투병 생활 중인 부부이야기

계속

기준

달콤한 인생

자동
차

명란젓

대출금

'동물의 숲'에 푹- 빠졌습니다
이번주는 동숲특집♪

잘못된 우정

우리 마을의 동물 친구들은

마조, 나한테 어울리는 옷 좀 구해줄래?

응! 그래~

모두 저를 좋아합니다

이거 링링에게 좀 전해줘

문제없어!

좋은 녀석 들이지만, 가끔은

거미 좀 잡아줘

O·k~

'왜 나만 시키지' 라는 생각이 ...

나 혹시, 이 마을 공식 심부름셔틀?

제목이 '동물의셔틀' 이었나?

난 이딴걸 왜 내돈쓰며 하는걸까

공기

폐인

꽹~

화석...

화석 어딨어

그만 좀 해

벌써 몇시간째야

뉴스에서 보던 게임폐인이 요기잉네

남편, 이제 게임 하루에 30분만 해

내일 출근할때 CD들고 갈거야

....

다음날 아침

응?

어라?

너...

CD 숨겼냐...

내는 모른다

그럼 위모컨 들고 가면 되지

안돼

게임은 적당히

친구가 만들어준 전 세계 하나뿐인

마조앤새디 목각 인형.

전시한 지 3일 만에 루이인형은 실종되었고

루비인형은 진짜 루비에게 온몸이 뜯겨버렸습니다.

물론 목각 인형을 만들어준 친구는

아직 이 사실을 모릅니다.

MAJO & SADY

안경

연상 아내 새디의 '건망증' 특집

마트

서류

담배

THE
멘탈
리스트

피투성이
손의
사나이

RED-
HANDED
MAN

휴가를 맞아 한국에 놀러온 **제인**과 **조**요원

물끄러미

SHOW TIME!

아마도 유리병이 깨진걸 모르고

힘차게 돌렸을거야

생각보다 출혈이 심해

휴지가 피에 다 젖은채로,
남자는 지금 병원을 찾는 중이야

전화를 거는군
아마. 아내 일거야

삑
삑

여보세용
새디?

나 설거지하다
손다쳐써~

하핫

...

몇 개월 전의 실화예요
거지꼴로 피를 줄줄 흘리면서 가니까
다들 슬금슬금 피하더라는...^^;;

설거지
할때

깨진 그릇
잘 살피세요

고무장갑 안끼고
그라믄 안돼

MAJO

인증샷

피투성이 손의 사나이편 끝

마조,
가출
하다

얼마전, 별것도 아닌 일로
대판 싸운 마조 와 새디

그렇게 새벽 12시 30분,
'마조가출'

고민

MAJO & SADY

결혼
기념일

가족 회의 끝에, 일본 여행을 가기로 했습니다 (얏호)

MAJO&SADY

딸기잼

점심을 먹으려는데 고향에서 택배가 왔습니다

어디보자~ 김치랑... 밑반찬

오오~ 딸기잼?!!

혼자 차려먹기 귀찮았는데 잘됐다~

고마워요 엄마♥

딸기잼♪ 딸기잼~♬

엄마가 보내주신 매콤~한 딸기잼♪

냠냠

응? 매콤?

고추장 이잖아!!

파 이 야

담을통이 그것밖에 없었단다

인증샷

잘 먹을 께요

싸랑해요 망♥

사실 먹진 않았고, 빵에 바르면서 알았다능

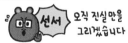

신
세
계

그럼
나는

충치로 입안이 엉망이 되서 입원까지 했던 루이.
한동안 집에서도 치료가 필요하다고 해서

↑
짐푸는중

결혼기념일 맞이 일본여행은 취소했습니다

참!

그럼 우리 결혼기념일은 어떡하지?

여행도 파투났는데

....

그야 물론

'아내가 변했어요'←지난회참고
이벤트를!

뭐?!

그럼 나는? 나는?

너?

너...i7 받았잖아

사악해

니가 쥈냐

이렇게 사악할수가...

니 속으로 내 욕했쟤

아닌데요

첩보

벨

인터넷으로 빈티지 가게들을 눈팅중인 새디

오왕

뭔데?

이거 조타

벨? 이딴걸 어따써

왜~ 우아 하잖아

딸랑

딸랑

부르셨습니까

맥주 좀 가져오너라

우후후후

사야지

뭐가 불길한데

엄마의 마음

보고싶은 엄마... 아들이 주부가 된지도 벌써
2년이란 시간이 지났어요

으음

냠냠

그동안 엄마가 살림하시면서 얼마나 힘이 드셨을지...
제가 해보고 나서야 깨달아요

물을

더 넣어야
겠군

그리고 어린시절 엄마가 왜그리도

새디

밥먹자

카레 랑 곰국을 자주 해 주셨는지도...

또
카레야?

....

일주일은거든

냠

냠

미안하다
귀찮았다

과자

하아~오늘도 피곤했다

남편, 주말에 먹다 남은 과자좀 줘

아라써

그릉 그릉

어라

오물

오물

눅눅해 졌네

TIP 눅눅해진 과자를 전자렌지에 15초 정도 돌리면 다시 바삭바삭해 지지용♥

우왕굿

위잉~

...일부러 눅눅하게 만든건데

죄.죄송합니다

하악

거 입맛참

도시락

새디가 요즘 회사에 도시락을 싸가거든

매일매일 반찬 때문에 고민이여

엄마랑 통화중 →

그러고보면 내가 학교 다니던 시절엔

도시락 때문에 엄마들 참 힘들었겠어

글쎄...

엄마만 우리 아들이 먹는거라 그런지, 힘들다고 생각해 본적이 없네~

엄마...

그야...

엄마는 맨날 유리병에 '김치'만 싸줬으니까 그렇지

그렇 그렇

말해봐요. 나한테 왜그랬어요?

넌 너무 뚱뚱했어

그거말고... 진짜 이유를 말해봐요

미안하다. 귀찮았다

운전을 하다보면

부웅

언젠간 사고도 날겁니다

앞에

차! 차!

끼익!

뭐? 어디?

그 사고도 아마

빵

…….

빌빌빌

새디때문에...

아 쫌!! 나도다~보고 있다고! 가만히 좀 있어!

버럭

호호

잘하믄 한대 치겠네

주부 훈련소

군인 처럼 주특기가 정해지는 것도 아니라서

청소부터 / 빨래 / 반찬만들기 / 육아

용병 (명절.제사)

주부 한사람.한사람이 모든 살림에 능해야 해

더 놀라운게 뭔지 알아?

군인은 6주간 기초군사훈련을 받은 뒤

총검술 / 사격술 / 수류탄 투척 / 화생방 등등

각 부대로 보내지지만

주부는 아무런 훈련없이...
바로 전쟁터에 던져진다는거야

지금이야 나물무침 정도는 10분이면 만드는 나도

1년전 인터넷을 검색해 처음 만들땐
정말 난리도 아니었어

허둥지둥 따라하다

콩나물을 생으로 무치기도 했고...

시금치를 콩나물처럼 몇분이나 데쳐

시금치무침을 스-프로 만들기도 했지
이게 다 나물에 대한 이해가 없어서야

매트릭스처럼 다운받은 것도 아닌데!

이발

롤러
클리너
I

MAJO&SADY

커피믹스를 사고 받은 마린블루스 도시락통에

마조앤새디 도시락을 만들어보았습니다.

새디는 쌀밥,

마조는 잡곡밥입니다.

마조 달래기

새디가 약속을 깜빡해, 완전히 삐진 마조

우리남편 멋있어♥

진짜 사나이야

아잉~

응

도시락통이나 내놔

... 요거 안먹히네

예전엔 이러면 금방 풀렸는데

여기...

뭐라고 해야 풀릴까...

사람들이 다들 반찬 맛있대

뭐라고 해야...

.....

.....

저, 정말?

이거였나!

진짜, 맛있대? 자세히 좀 말해봐

오호라

바람 I

바람 II

바람 보다 헛바람이 더 무서운 새디

벌써 6월

주부의
눈물

잠시후

남편 일루 좀 와봐!

아

가스렌지에 기름때 봐

평소에 얼마나 청소를 안했으면!

내, 내가 닦을게

에헤·이

앉아 있으라니까

양념통들은 뒤죽박죽!

이거봐 이거봐 튀김가루도 유통기한 한참 지났네

도대체 살림을 하는거야 마는거야

안절 부절

주부는 세 번 웁니다.

태어날 때, 부모님이 돌아가셨을 때,

그리고

가족을 위해 매일 일했는데

노는 사람 취급 받을 때······

MAJO&SADY

먼 훗날, 드림카인 녹색 포르쉐 964를 타고
아내와 드라이브를 하면서
"당신이랑 살아서 정말 행복했다"라는
말을 듣고 싶습니다.
아내에게 인정받는 남자야말로
정말 멋진 남자라고 생각합니다.

::20

마물의 꿈

※ 마물이 - 마조가 타고 다니는 구형 그랜져

마물의 꿈

그댄~ 먼 곳만 보네요

내가 바로 여기 있는데

조금만 고개를 돌~려도

날 볼 수 있을텐데

처음엔 그대로 좋았죠

그저 볼 수만 있다면

하지만 끝없는 기다림에

이제 난 지쳐가나봐

한걸음 뒤엔~

항상~

내가있었는데~

그댄~

영원히
내 모습
볼 수 없나요~

나를 바라보며~ 내게 손짓하며~

언제나 사랑할텐데~

영원히

넌 지킬텐데···

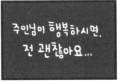

차 안 바꿀래요

주부
로-드
I

국내·외 베스트셀러 **요리책** 수십권이 기본 수록!
터치 몇번으로 어떤 요리라도 **OK**!

그뿐만이
아닙니다!

DMB·라디오·MP3를 지원!
지루했던 주방이 즐거워집니다!

주부라서

HAHAHA

햄복아요♥

설치가 어렵지 않냐구요?
걱정하지 마세요!
붙이시기만 하면
됩니다!!
강력흡착!

보기 흉하다구요?
걱정하지 마세요!
매립하셔도
됩니다!

주부의 친구,
주부로-드!

한마디로,
별이 다섯개!

광고도
적당히
일세

깜짝
파티

생일
선물

열대
야

왜

IT기기 리뷰하는 블로거 형님네 사무실에 갔더니

각종 게임기

어서 오게

여긴 천국?

우왕

3DTV

독스피커

ONKYO   MAJO

벽마다 스케줄이 빼곡히 적혀 있었다

삼성, 애플 야마하... 뭔가 멋지다

나도 따라 해야지

ONKYO

그날저녁 집

후후후 됐어

가지볶음, 감자볶음...

일주일 식단표

하나도 안멋있잖아!

털썩   왜지?!

몰라서 물어옹

4.70

생일
선물

살림살이는

결혼 기념일마다 하나씩 장만하기로

MAJO&SADY

간식의
비밀

그날 저녁

그날 오후

슬슬 배가
고픈군

어디 한번
비벼볼까

왔다

간식

도도

갔다

내놔

도도

저리가
루이

아빠바
일해야돼

MA

응?

뭐지?

이상한
여자

새디는 치·맥 매니아

111

공포의 동영상

요금 폭탄으로 뉴스에 나올뻔 했다

공포의 연휴

남편분들 많이 도와주시길

2010
여름 M.T로 본
너나살
멤버들의
유형
보고서

갈까말까 형

패리스힐튼 형

블로거 형

게임보이 형

횡설수설 형

누구세요 형

네고시
에이터

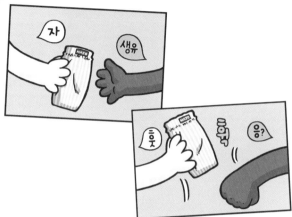

협상 실패

낚시

'위기의 부부, 화해의 기술', '사주후애' 시절부터 닥본사

우산

한달에 한번, 예민해 지는 마조

종잡을 수 없는 30대 아저씨의 여행용 MIX CD

MAJO & SADY

다나까
낚시
여행

: 지
렁
이

MAJO&SADY

쓰레기

I

창고방

이번주는 쓰레기 안버려?

아직 별로 안모여서 다음주에 버릴거야

수북

다음주

뭐야~

아직 쓰레기 안버렸네

거참

그런건 주부에게 맡겨둬

어련히 알아서 할까!

아 알았어

참+

몇주후

가득

발 디딜틈 없이 아주 잘~쌓았네

들들

데헷

니가 월타냐

콰앙

콰광

쓰레기
II

자이언트

요즘 마조 부부는

이것보시오
황회장

'자이언트' 놀이에 빠져 있습니다

된장찌개
맛이 평소랑
다르군

정보석
성대모사

어머니가
보내주신
새된장입니다
조국장님

아이야

이덕화
성대모사

그보다 내가 주문하라고 한
닭가슴살을 주문한게요?

아차차

내일은
꼭...

이것보시오
황회장

당신 남산지하실에
한번 끌려가봐야

하아~~~

지하실은
여름에도
시원하구나~
할거야

그건
개콘이자나

가족용어

노라이 동동 이나 **짭짤이** 처럼 (마린블루스참고)
'가족끼리만 통하는 용어'들이 계속 생기고 있습니다

나

커피 한잔만

응

달달이로?

아님 쌈쌀이?

믹스커피

아메리카노

쌈쌀이 곱배기로

에스프레소 더블

MAJO

가족끼리만 통하는 줄임말도 생겼지요

벌써 11시네
내일 쉬는데
일만 하다
잘거야?

왜

맥섭해?

맥주한잔
하고 싶은데
그냥 자려니까
섭섭해?

아니, 비도 오고
하니까 좀

쏘섭~하네

쏴아아

쏘주한잔
하고 싶은데
그냥 자려니까
섭섭하네

흠

그럼
족발에

쏘주
커커

오예♪

여러분의 가족용어는?

133

MAJO & SADY

막되먹은
판다씨

: 판다
자동차

막되먹은
판다씨

: 판다
제과

막되먹은 판다씨

판다 건설

막되먹은
판다씨

: 판다
의원

MAJO & SADY

인셉션

보보
드림

MAJO & SADY

인텔&PC
워크샵

: 명단

인텔&PC
워크샵

: 얼리
김부장
&
고부장

미안합니다
작가님

얼리
이사님

이상한 사람들이 잔뜩 왔습니다

MAJO & SADY

:: 31-3

인텔 & PC
워크샵

: A-team

인텔 & PC
워크샵

:메세지

눈에는 눈
이에는 이

MAJO & SADY

:: 32-2

무뚝뚝한 새디

MAJO & SADY

:: 32-4

옛
생각

고통도
함께

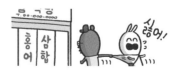

MAJO & SADY

:: 33-2

돌이킬 수 없는

조카들 I

조카들 II

MAJO&SADY

추석

시대가 변했습니다

사랑받는
며느리
프로젝트

췤

아이고~

시름 시름

추석연휴 잘 보내셨나요

섭섭한 새디

형부와
갈비
사건

그 사건은 우리가 결혼하고 맞은 첫 명절, 장인·장모님과
처형부부가 함께 저녁식사를 하던중 일어났지

처형

조카들

형님

마조

새디

장모님

장인어른

넌 내앞에 있던 소갈비를 형님앞으로 옮겼어
형님 근처에도 소갈비가 있었는데 말야!

형부

고기도
좀 드세요

응...

살이 더
빠지셨네

당시 장인·장모님이
불편했던 나는 알어서서
고기를 집을수도 없었지

덕분에 난 소갈비를
한점도 못먹었어

그것이
바로...

형부와 갈비사건!

자, 이제
누가 더
섭섭하지?

찌질하다...
너무찌질해서 만화로 그리는걸
말리고 싶을 정도야

달콤한 풍기

급 쌀쌀해진 날씨. 감기 조심하세요~

지금까지의 '귀신의 집'은 잊어라!

두근 두근 두근

끌꺽

까아아악~

당신의 심장을 얼어붙게할 올가을 최고의 공포특급!!

까아아악~

얼마를 상상하든, 더 비쌀것이다

까악

채소의집

배추 ₩12,000

양배추 ₩10,000

너무 비싸...

카트를 가득 채운다면... 당신은 악마다 부자다!

마트에서
흔히
있는일

두부
토론

요즘 '두분토론'에 푹 빠빠진 마조새디 부부

다이어트

다이어트는 내일부터

:: 37-2

마초의 눈

MAJO&SADY

다이어트 바

대충

루이와 루비.

루이 동생을 데려오면서

이름을 '뷔통'으로 할까 '까또즈'라고 할까

고민하던 게 엊그제 같은데, 어느새 두 녀석 모두

사람 나이로 치면 중년의 아저씨입니다.

아저씨들, 건강하게

오래오래 살아줘요.

MAJO & SADY

일본
여행

: 여행
노트

MAJO&SADY

일본
여행
:
신
한
류

'신한류열풍' 온몸으로 느꼈습니다

일본
여행
· 밀푀유
원정대

밀푀유

일본
여행

:할로윈

지금 일본거리는 온통 할로윈 분위기로 들떠 있습니다

KFC 할아버지도 할로윈 옷을 입고 있고

호박 탈을 쓴 알바도 보입니다

오네가이시마-스

나이트 메어 '프레디' 코스프레를 한 여자도 있네요

뭐하는 여자일까

저기로 가보자

너였냐!!

어쩌다보니

할로윈 코스프레

여행 사진은 블로그에서~ ♥
http://blog.naver.com/
majosady

맥스
페인

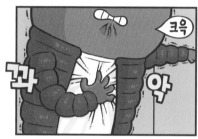

참. 오뎅국물
엄청 뜨거워

....

오뎅
떡볶이
순대

분식

폴짝 폴짝

시원~하다

이제와서
그래봤자

MAJO&SADY

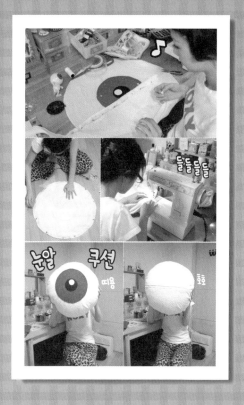

웨딩드레스도 직접 만들어 입은 아내는

천으로 만드는 건 뭐든 뚝딱뚝딱 잘도 만듭니다.

다만 악상이 떠올라야 시작하는 타입이라

좀처럼 만드는 모습을 보기가 힘들어요.

마조앤새디 봉제인형도 만들겠다고 선언한 지

일 년이 넘도록 아직 소식이 없습니다.

벌써 1년

1년 만에 완성

쿠 션 커 버
찌까노

빨래

MAJO & SADY

송이

고향에서 온
송이버섯

오왕~
송이다
송이

그날저녁

짜잔

오늘 저녁은
양념송이덮밥♪

오~

아~ 이게
뭐죠?

양념이 너무 강해서 재료의
맛과 향을 다 가려 버렸네요
메뉴 선정에 좀더 고민을
했으면~하는아쉬움이 남습니다

슈퍼 주부

제
점수는요

60초
후에

평가
하지마

잊혀진 약속

새디는 '사랑 더하기' 매니아

기다림의 끝

님이 트롤굽

유료
영화

우기기 대마왕 새디

당면
홀릭

MAJO & SADY

:: 42-3

선택

우리
남편

새디,
치과에
가다

60초 후에 다음편에 공개됩니다

아이폰 디스

죽페어

웰빙죽도 야채죽

현장

BGM : 춤추는 대수사선

택배

저기, 다른 의제 제시해도 될까?

말해봐

'택배' 말인데...

난 집에서 늘 티셔츠에 **팬티** 차림이라, 갑자기 택배가 오면 무척 곤란하거든

딩동 잠시만요! 바지 입는중

택배 받는곳을 너네 **회사**로 하면 어떨까?

그것 참 곤란하겠네, 하지만 작은 물건이야 그렇게 한다쳐도 **쌀**이나 **사료** 같은건 내가 들수가...

아니, 그보다 왜 집에서 팬티만 입고 있는건데? 바지만 입고 있으면 다 해결되는거 아냐?

좋아 그럼

작고 가벼운건 회사로, 무겁고 큰건 **경비실**로 받은 다음 나갈때 가져 오는걸로 하지

아니, 그러니까

바지를 입으라고

이 아저씨야

그리고, 제2차 가족회의는 열리지 않았습니다

자학의 시

100% 실화

사투리

화나면 사투리가 나오는 새디

천천히

성대
모사

불편한
진실

선물

드래곤볼을 모아

멍

지금은 소녀시대

남편의 취미

미니쿠퍼 S JCW

애 이름은 '홍삼'이야

기운이 펄펄 넘치거든

애는 '고아라'

아우디 뉴 A4

이유는 그냥 고우니까

기아 모하비
올 화이트 + 크롬휠

애는 '장보고' 늠름한 장보기 머신

애는 기름을 덜 먹어서

'소식이' 고

중고차 매물에 일일이 이름 지어 주지마

갖고싶은 차마다 이름을 지어주는 남편

이 차는 이름이...

바사 신차

이건 그냥 벌레

중벌레 만한 준준형 벌레

213

옷 만드는 재주들이 없어, 코스프레 파티는 취소

✧ 새해 목표 ✧
① 목공을 배우자
☀ 만들것
책상
책장
고양이
화장실

② 운동해서 살 빼자
☀ 목표
L 사이즈
옷입기
보이즈
비
차도남

③ 영어회화 공부를 하자
☀ 목표
여행지에서 영어로
클레임을 걸수있을 정도
오우
쏘리
쏘리
사전이랑
다르다
맨
헤이
맨

... 이상은 작년 연말에 세웠던

올해의 계획

미안하다
못지켰다

내 그럴줄
알았다
그래야 내 미래지
← 1년전의
마조

2010 Best of The Year

마조 & 새디가 맘대로 뽑은 2010년을 빛낸 것들

요리 OF THE YEAR
부타 나베

이보다 간단할순 없다!
생강
대패 삼겹살
숙주나물
+ 청주

→ 고추기름에 참깨소스를 섞어 찍어 먹으면...
노노노킹 온 헤븐스도어!
몇번을 해먹은건지 기억도 안나요 ^^)b
※ 만드는 방법은 블로그에~

주방용품 OF THE YEAR
1. 아스토니쉬 찌든때 클리너

주전자,냄비때부터 가스렌지때까지
시원~하게!
이름걸고 추천합니다 b

2. 오므라이스 팬
오므라이스 러버 마조에겐 최고의 팬!
WOW♥

잘샀군 OF THE YEAR
냉장 쇼케이스

황학동 업소용 주방골목 에서 중고로 구입
꽉꽉 들어찬 캔맥주를 보면 절로 미소가~ ♥
(소음 때문에 음료 보관함으로 씀)

영화 OF THE YEAR
토이스토리 3

"땡큐,가이즈"
(눈물 & 앤디미소)

끼악 꺅

사랑스런 졸리침프도
이베이로 구입
쟁 쟁

영화 OF THE YEAR
세 얼간이

너의 재능을 따라가면 성공은 뒤따라 올 것이다
알 이즈웰 알 이즈웰

3 idiots

드라마 OF THE YEAR
스파르타쿠스

드디어 시즌 2 시작!
힘내요 앤디
↑ 항암치료중
'스파르타 쿠스'는 오직 당신뿐

음반 OF THE YEAR

UMC/UW 3집

'누군가에겐 가장 불편하고 누군가에겐 가장 통렬한' 2010 최고의 유형사태

흥얼흥얼 OF THE YEAR

썬연료 CM송

조강지처가 좋더라♪ 썬연료가 좋더라♬

아저씨 같애

그노래 부르지마

국민♪ 여천료

썬연료♬

← 어느새 중독

TV쇼 OF THE YEAR

슈퍼스타 K

강승윤 짱

겟와일드♪ 겟와일드♬

커뮤니티 OF THE YEAR

디씨 드라이브

회원가입을 받지않아 몇년째 친구 아이디로 기생중인 힙합 커뮤니티

추석에 하루 가입 받았 지롱

ㄱ시) 완미워

책 OF THE YEAR

연을 쫓는 아이

'특가' 도서 위주로 사기 때문에 항상 늦어요 영화로 보셨다구요? 책보세요

블로그 OF THE YEAR

조이라이드

까진 남자의 즐거운 자동차 이야기♪

아아 아앙♥

장난감 OF THE YEAR

화성침공 피규어

이제야 나오다니!

게임 OF THE YEAR

동물의 숲

또 동물들 셔틀짓 하고있냐

남자의 게임속 우정을 매도 하지마~

컴퓨터 OF THE YEAR

인텔코어 i7

intel CORE i7 inside

세상이 빨라진 느낌!

217

화장품 OF THE YEAR

키스미 눈썹 마스카라

새디 강츄

눈썹 컬러도 헤어 컬러에 맞게~

서프라이즈 OF THE YEAR

마조&새디 도시락

새디 얼굴은 쌀밥

마조 얼굴은 현미밥

서프라이즈 OF THE YEAR

동경 여행노트

2010 TOKYO

일정부터 지하철 노선, 맛집, 약도, '어머 이건 사야해' 리스트까지!

선물 OF THE YEAR

마조&새디 목각인형

친구 영석이가 만들어준 전세계 하나뿐인 인형

가치상승 OF THE YEAR

소녀시대 멤버전원 싸인CD

신한류로 가치가 쭉쭉↑

이마와 쇼죠지다이! (지금은 소녀시대)

소원을

말해봐♪

좀 꺼져

반가워요 OF THE YEAR

YOU

바로 당신♥

다시 만나서 반가워요!!

GOOD BYE~ 2010

HAPPY NEW YEAR

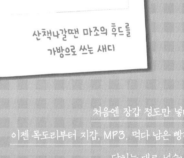

산책나갈땐 마조의 후드를
가방으로 쓰는 새디

처음엔 장갑 정도만 넣더니
이젠 목도리부터 지갑, MP3, 먹다 남은 빵까지
닥치는 대로 넣습니다.

사과

바라는
것

2011년 새해에 서로에게 바라는 걸 한가지씩 말해보자

마조부터 말해봐

어디 아프지 말고, 나한테 자주 웃어줬으면 좋겠어

새디는?

난...

자기가

나한테 매일매일

설마 뽀뽀?

꺄♥

오첩반상을 차려줬으면 좋겠어
....

오첩반상(五·飯床)
밥, 탕, 김치, 찌개를 기본으로 숙채, 생채, 구이나 조림, 전, 마른반찬의 다섯가지 반찬을 차린 밥상

해피 뉴 이어

여러분도
해피 뉴이어 ♥

49-4

최선

깍 날파리가 몇마리냐!

남편, 음식 쓰레기 때문에

자꾸 날파리가 생겨

아 그거?

안 그래도 어떻게 하면 좋을지

곰곰히 생각해 봤는데

그때그때 쓰레기를 버리면...

개구리를 몇마리 키워보면 어떨까?

아하

그럼 개구리가 날파리들을 다 잡아먹겠구나!

퍼억

그게 최선입니까 킥

겨울 이야기

겨울이 되면 마조 배를 핫팩으로 쓰는 새디

224

언젠가는

 언젠가는 ♥

새디의 10가지 기이한 술버릇

술에취해도 겉으로 별로 표시가 안나는

알딸딸~

크허   좃타

새디 (회사원)

하지만 몇몇 기이한 행동들로

그녀가 취해 있다는걸 알수 있죠

오 남편 이다

몸인지 아랏네

새디전문가 **마조** (주부)

새디의 기이한 술 버릇 1

루이~   루비~

엄마 왔다♬   신발은 벗어야지

아메리칸 이냐

또각   또각   냥

미국식으로 집에 들어온다

새디의 기이한 술 버릇 2

남은 안주를 싸온다

새디의 기이한 술 버릇 3

늘 있던 물건을 발견한다

새디의 기이한 술 버릇 4

계속 먹는다

새디의 기이한 술 버릇 5

왠지 의욕이 넘친다

새디의 기이한 술 버릇 6

술에 취했다는 사실을
다국어로 부정한다

새디의 기이한 술 버릇 7

황설수설 하면서

쓸데없이 관대해진다

새디의 기이한 술 버릇 8

했던 말을 또 한다

새디의 기이한 술 버릇 9

느닷없이 잠든다

새디의 기이한 술 버릇 10

다음날 아침,
술 안마신 나보다 더 쌩쌩하다

마가 이버

위기일발의 순간에도

주위의 물건을 이용해
언제나 위기를 탈출하는 **맥가이버**

그리고 여기
남아있는 재료만으로 점심을 해결하는

마(조)가이버

그런데

게다가

절망 적인 상황 이지만

차분하게 냉장고 를 뒤져보는
마가이버

바닥에 깔린 감자탕 국물에
물과 사리를 넣고 끓여내면 …

인생을 소화하는데는
시간이 필요하지

위기 탈출!
완성 감자탕맛 우동

휴~

인증샷 ♥

언제나 **크리에이티브**한

호오~새디가
와인안주로 사둔
치즈가 있군

음…

마가이버 의 점심

완성 벨큐브치즈밥

휴~

인증샷 ♥

그런 마가이버를 덮친

또 한번의 **위기**

위기 탈출!

... 이 아닌가?

명절
선물

결혼을 하면 여기 저기

음~

골똘

명절 선물을 해야 할 곳도 많아집니다

남편

뭐해?

호록

명절선물 **리스트**랑

예산 짜고 있어

볼래?

가격대 별로

다이아·골드·실버·브론즈

4그룹 으로 나눴지

다단계냐

다이아는 10만원 브론즈는 2만원

뭐 살지는 안정했고?

마트 가서 골라봐야지

마트가면 정신 없잖아

대충이라도 정해봐

꿍~

뭘 해야 되지...

자기가 받아서 좋은 물건이면 상대방도 좋아하겠지

그래! 일단 남편이 갖고 싶은걸 한번 말해봐

음...

한정판 장난감, 자동차 게임, 레이싱 휠 세트 1/6 무선 조종 R/C 카, 카메라 렌즈 애장판 만화책, 3D 미니 게임기...

그만

오덕 오덕

내가 잠시 널 일반인이라고 생각했어

MAJO&SADY

결혼하길 잘했어라는 생각이 들 때라면

역시 아플 때를 빼놓을 수 없습니다.

밥도 해주고, 간호도 해주고, 심부름도 해주니까요.

나아도 안 나은 척 연기를 하곤 합니다.

생매장 살처분 반대

MAJO
&
SADY

:: 54-3

운전
연습

244

믿거나 말거나

남자는 평생동안

궁민연~금
썬연료♪

약 한달 정도의 시간을

뿌뿌
뿌뿌

현관에서

쿵쿵쿵

함께 외출할 여자를 기다리는데 씁니다

오래 걸린다고
지금 나 쪼는거?
아닌데요

못 믿으시겠다구요?

믿으세요

마조네
연쇄
잔소리
사건

바야흐로 '스마트폰'의 시대지만

얼마전 또 구형폰을 새로 구입한 새디

신세계를 맛보고 있습니다

요즘들어 부쩍

새디의 **살림 잔소리**가
심해졌습니다

들어보면 다 맞는 말이지만

주부로서 자존심이 상해요

근데 새디가 원래 살림박사 였나

한달에 보통 2~3권의 책을 사보던 새디

이번달 들어선 한권도 사지 않고 있습니다

음? 어라? 잠깐

허가

숏숏숏

그렇게 서로 차고

나 운동화 살래!

너무 더러워

뻥

MAJO

막고

빨면 되잖아!

통

넣기를 5년...

신을 구두가 없어!

뻥

착

너 구두 많잖아

점잖은 구두는 없어

저는 깨달았습니다

내 숏은 잘 안들어가

난재 못이겨

슈우우

현재 스코어

옷장 1개 : 옷방 (옷장 3개 신발장 1개)

MAJO   SADY

부부사이에도 빈부격차가 있다.

주부마조안화

네 사실입니다.

부부사이에도 빈부격차가 있다는게 정말입니까?

드디어

맨날 고장나는 차를 바꾸지 못했던 것도 다
새디의 **허가**가 나질 않았기 때문입니다

이게 뉴
머스탱
이야

죽이지

백인 마초
같애

지난 3년간 수십대의 차를 보여주고서야 얼마전
겨우 겨우 **허가**가 났지요

컨트리맨
나오면
사렴

드디어!

기다려라 고성능S!

그댄♪
먼곳만 보네요♬

찌   잉

근데 그냥
일반형이
더 귀엽다

S는 좀 붕어
같애

덜

컹

나 살림 안해

S 사줘

은앙

이기
미쳤나

결혼 괜히
해써

꼬성능 꼬성능

쿠폰

이상하게 숨게되네

부쩍

자꾸 깜빡 깜빡 해요

라면

편의점 가서 라면 사올게

나 장음료 하나만~

부탁해용

잠시후 자,마시고 쯜똥♪

땡큐~

어라, 라면은?

헉, 설마 까먹은거?!

까,까먹긴 누가!!

이건...임금님 라면 이야!!

착한사람 눈에만 보이지

끓는물에 우선 스프를 넣고~

면을 넣은 다음~랄라♪

....

저벅 저벅

울지마라

늙는건 죄가 아니다

우리 남편이 달라졌어요

3년전 아무래도 이길이 아닌것 같애 에헤이~ 이길 맞다니깐 그러네

저 사람한테 물어보자 ← 물는거 잘 못함

MAJO 허둥 지둥

잠시후 정 반대로 오셨네요 저쪽으로 쭉-가시면... 네 일행 아닌척

.... MAJO

며칠전 장조림 하려면 뭐 사야 되는지 검색해 보...응? O마트 O·MART

저기 장조림 하려면... 장조림? 바로 물어봄

.... 심지어 친해짐 장미마을 사시는 구나 하하 호호

참 많이 변한 당신...

뭘그렇게봐? 주부 아오라 아냐

주부 가 되었군요

생색

기대

꿍꿍이

NAJA
BABARA
GASINA JAPIMYUN
JIGIBBINDEI

MOJARO
GARINI
MURI JAGA BOIJI

부부의 날,
율동공원에서 화보 촬영.
이태리 브랜드 나자 바바라와
모자아로 가리니에서
협찬해주셨습니다.

MAJO & SADY

59-4

들통

266

명함

직함

MAJO&SADY

슬픈
배려

즐거웠던 순간도 잠시, 며칠 후 남편은

딱히 명함 줄 사람이 없다는걸 깨달앗습니다

핑그르르

그런건
만들기전에
깨달아

인간아

앗

마CFO님
안녕하세요

이런데서
뵙네요

명함 이나
한장 주시죠

?

그르지마

더
비참해

홍삼이

태어나서 처음으로 '새차'를 뽑은 마조부부

반갑다 홍삼아

...이제 예쁜차도 생겼겠다

아앙♡ 부빗 부빗

슬슬

부빗 아앙♡ 부빗

운전연습을 해야겠어

꽈광!

하지마

왜 하필 새차로

무섭냐

나도 무섭다

그러니까, 하지 말라고요

후덜덜 키

상술이라고는 해도

밸런타인데이나 화이트데이를 그냥 넘기면

왠지 섭섭한 기분이 들기 마련.

예의상 20캐럿 정도로 때우고 있습니다.

데자뷰

스캐너

앗

우리차랑 똑같은 차

오, 휘둥이

벌써 인치업 하고 브레이크도 바꿨네

차고도 살짝 내렸나봐

뚜 뚜

뚜 뚜

와

그걸 다 어떻게 알아보지?

남자들은 참 대단해

에이 뭘~

방금 지나간 여자 봤어? 앞트임에 코도 했고 이마랑 볼에 자가지방 이식...

여자들이 더 대단해

속닥 속닥

그, 그래?

스캐너 부부

자동차 튜닝 스캐너

얼굴 튜닝 스캐너

드라마

'욕망의 불꽃' 뒤늦게 욕하면서 정주행 중

MAJO&SADY

오늘은 만우절

고백

오늘은 5년간 아내몸에 파스를 붙이며 살아오신 파스의 달인

도배 '마조' 선생을 모시고 얘기 나눠 보겠습니다

달인

에헴

선생님 이런 엉덩이 쭉도 파스 한장으로 붙이시는게 가능하다고 들었습니다

아, 가능합니다

파스를 🄰 요로케 잘라서 한쪽씩

ㅋㅋㅋ

웃지마

아프단 말야

민방위

재연

대본 발로 쓴듯

인공
호흡

그보다 어째서 주머니에 저딴게 있냐

:: 64-1

그분이 오신다

저녁 7시 천하의 새디오

위잉

쏙쏙

밤 10시 시어머니의 방문에는

뽀드득 뽀드득

북적 북적

새벽 1시 긴장이 되는 모양입니다

꿀럭 꿀럭

숙숙

새벽 3시 ...하얗게 불태웠어

우리새디, 살림 잘하네

마감중

마조 어머니

보라색 가방,구두에   보라색 코트입고

관절치료차 서울 상륙

BGM 보라빛 향기

맞장구

시어머니가 부럽니다
나만 바라봐
아들 까지마

내가 아들
까-도

너는 절대
까지마 ♪

베이베 ♬

용돈

고부(姑婦)킥

결혼
기념일

오늘은 마조부부의 다섯번째 결혼기념일♥

마음은 늘 스무살 호호

댁의 **닭** 궁합은 어떠십니까

니가 먹는 그 뼈♪ 그 뼈가 내 것이었어야 해 ♬

삼겹살 오돌뼈

그것도 내 것이었어야 해 ♬

곱이 꽉찬 대창♬

순대 친구간, 염통 까지도

모두가 내 것이었어야 해 ♬

모두가 내 것이었어야 해 ♬

이제 되돌릴수 없어

남은 95년도
잘부탁합니다   오냐

MAJO&SADY

묘한
쾌감

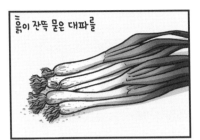

흙이 잔뜩 묻은 대파를

깨끗이 씻어 전부 다듬은 다음, 통에 담고나면

눈이
매콤매콤

허리가
저릿저릿

우울함, 불안감, 긴장감이 해소되고 마음이 정화되면서
말로는 표현하기 힘든 묘한 쾌감이 느껴지지

아이
짜릿해

난 그걸 '파 타르시스' 라고 불러

혹은 파르가즘

너 많이
심심
하구나

....

네. 심심합니다

MAJO & SADY

:: 66-2

물 청소

MAJO & SADY

:: 66-4

셀프
세차